MW01221838

Le secret des Sept-Crânes

Les mots du texte suivis du signe * sont expliqués
sur le rabat de couverture.

www.editions.flammarion.com

© Éditions Flammarion pour le texte et l'illustration, 2006
87, quai Panhard et Levassor – 75647 Paris Cedex 13
Dépôt légal : mai 2006 – ISBN : 2-08163362-0 – N° d'édition : 3362
Loi n°49-956 du 16 juillet 1949 sur les publications destinées à la jeunesse

Paul Thiès

Louis Alloing

Le secret
des Sept-Crânes

CASTOR POCHE  Flammarion

Ça barde sur le *Bon Appétit* !

D'habitude, la vie est belle chez les pirates. Les méchants pirates massacrent tout le monde et les gentils pirates cherchent des trésors, sauf le dimanche.

Le dimanche, les gentils pirates sont en vacances. Ils s'installent sur le pont pour manger du requin rôti. Ensuite, ils font la sieste dans un hamac.

Le fameux capitaine Fourchette est justement le meilleur cuisinier des Caraïbes. Il était pâtissier avant d'acheter son bateau, le *Bon Appétit*.

Chaque dimanche, il prépare un gros gâteau au chocolat pour le dessert. Sa femme Marguerite, les enfants, Honoré, Madeleine, Parfait et Charlotte (ils ont tous des noms de gâteau) et le perroquet Tarte aux Pommes se régalent. Parfait est un peu maigrichon, alors sa famille l'appelle Plume.

Malheureusement, ces derniers temps ses parents se disputent souvent.

– J'en ai assez du gâteau au chocolat et du requin rôti ! crie la maman de Plume. Je veux changer de menu !

– Tu n'as qu'à faire la cuisine, répond le capitaine Fourchette. Moi, j'en ai assez que tu joues de la harpe sur le pont !

– Je joue de la harpe parce que je m'ennuie ! gronde Maman Marguerite. Nous n'avons pas trouvé de trésor depuis des mois ! Si ça continue, je quitte le *Bon Appétit*.

– QUOI ? hurle le capitaine.

– Je deviendrai une méchante pirate et j'emmènerai Charlotte et Madeleine avec moi ! Nous deviendrons la terreur des Caraïbes.

Les enfants, cachés derrière un mât, écoutent en silence. Madeleine se console en embrassant son amoureux, Juanito, le moussaillon du *Bon Appétit*. Honoré crache sur les requins pas encore cuits pour cacher son chagrin.

Plume et Charlotte, eux, se sentent horriblement tristes.

– C'est affreux, gémit Charlotte, je ne veux pas qu'on se sépare.

– Si seulement tout redevenait comme avant… soupire Plume.

Les parents de Plume se disputent sans cesse.
Une séparation est envisagée...

Petit-Crochet et Perle débarquent

Hélas ! les disputes se succèdent.
– Ssssa va mal ! Trrrès trrrès mal ! répète
Tarte aux Pommes.

Plume, accablé, se demande comment réconcilier ses parents.

Mais un matin, Petit-Crochet, son meilleur ami, lui rend visite, à cheval sur Flic-Flac, son dauphin apprivoisé. Charlotte est ravie de revoir Petit-Crochet ! Plume, lui, saute de joie. Sa copine Perle, fille d'un roi cannibale, est avec eux.

Plume et Charlotte expliquent la situation à leurs amis. Petit-Crochet se gratte la tête pour réfléchir. Il chatouille Noix de Coco, le perroquet de Perle, et déclare :

– Si vous trouviez un trésor, vos parents organiseraient sûrement une grande fête, avec de la musique ! Votre maman jouerait de la harpe et votre papa de la trompette. Ils danseraient sur le pont et boum ! ils se réconcilieraient.

– Tu crois ? demande Plume avec espoir.

– Bien sûr ! Ton papa n'est pas aussi rancunier* que mon papa, Barbe-Jaune, qui a très mauvais caractère, soupire Petit-Crochet.

– Mais on n'a pas de trésor sous la main, objecte Plume.

Petit-Crochet prend un air mystérieux et chuchote :

– Mon papa me parle souvent du secret des Sept-Crânes.

– Les Sept-Crânes… répète Plume en écarquillant les yeux. Qu'est-ce que c'est ?

– Une île pas loin d'ici. Des pirates de l'ancien temps y ont caché un trésor fabuleux, affirme Petit-Crochet.

– Ah ? Et tu ne sais rien d'autre sur cette île ? demande Plume, qui adorerait, de toute façon, rapporter un trésor sur le *Bon Appétit*, pour prouver qu'il est un grand pirate.

– Heu… non, non, prétend Petit-Crochet en tripotant sa dent de requin porte-bonheur.

Il semble un peu embarrassé. Plume devine que son ami lui cache quelque chose. Mais comme la situation est grave…

– Bon ! Allons-y et trouvons le trésor ! décide-t-il. C'est urgent !

Petit-Crochet propose une chasse au trésor sur l'île des Sept-Crânes pour réconcilier les parents de Plume.

Marie la Murène

Le soir même, Plume, Perle, Charlotte et Petit-Crochet embarquent en secret dans une des chaloupes du *Bon Appétit*. Flic-Flac, très excité, danse autour de la barque. Vive l'aventure !

La nuit s'écoule sans incidents, mais à l'aube Plume aperçoit une voile à l'horizon. Il sort une longue-vue de sa poche, regarde dedans et reconnaît *Le Massacreur*, le navire du terrible capitaine Barbe-Mousse, le plus féroce pirate de la région !

– Alerte ! Aux armes ! hurle Plume.

C'est la panique dans la chaloupe !
Plume, Perle, Charlotte et Petit-Crochet
se précipitent sur les rames pour essayer
de s'enfuir. Tarte aux Pommes et Noix
de Coco tournent en rond en criant :
– Au sssecourrrrs ! À l'assassin !

Ensuite, ils se cachent sous la
chemise de Plume… en tremblant de
toutes leurs plumes. Ça le chatouille et
ça l'empêche de ramer.

Plume voudrait bien couler *Le Massacreur* d'un coup d'un seul, rien que pour impressionner Perle, mais c'est dur pour un petit pirate de couler un gros bateau…

Petit-Crochet se penche vers Flic-Flac qui nage près de la chaloupe et chuchote quelque chose. Le dauphin secoue la tête pour montrer qu'il a compris. Il plonge et s'éloigne à toute vitesse.

– Que lui as-tu dit ? demande Plume à son ami.
– Je t'expliquerai plus tard. Continue à ramer ! halète Petit Crochet.

La poursuite dure longtemps. *Le Massacreur* se rapproche dangereusement. Plume distingue déjà l'affreux Barbe-Mousse avec son gros ventre et son nez poilu.

– Ah ! ah ! ah ! ricane le pirate. Cette fois je vous tiens ! Je vais vous pendre par les pieds et par le nez, par les oreilles et les orteils, et ensuite je vous embrocherai comme des papillons !

Mais à cet instant… un autre bateau surgit derrière *Le Massacreur*. Une femme blonde agite un grand sabre. Trois adolescentes l'entourent en brandissant d'énormes pistolets et sabres. Barbe-Mousse se retourne, aperçoit la femme, et devient tout pâle.

– C'est Marie la Murène*, la célèbre flibustière*, et ses filles Blanche la Brute, Rose l'Enragée et Violette la Violente, souffle Petit-Crochet. Leur navire s'appelle *La Tempête*.

– Tu les connais ? s'étonne Plume.

– Heu… tout le monde les connaît. Elles découpent les autres pirates en tranches très fines.

Pourtant, Petit-Crochet ne semble

pas inquiet. Plume lui trouve même l'air content. C'est bizarre… Mais il n'a pas le temps de réfléchir à la situation : le bateau ouvre le feu !

– Pas de quartier ! hurle Marie la Murène.

Les boulets crèvent les voiles du *Massacreur* et emportent le chapeau de Barbe-Mousse vert de frousse ! Il se cache dans un tonneau vide, mais sa barbe dépasse. Tarte aux Pommes et Noix de Coco en profitent pour lui tirer les poils en criant :

– Hourra ! Hourra ! Que le grrrand Crrric te crrroque !

– Non, non… Sauve-qui-peut, gémit Barbe-Mousse d'une voix faible.

Le Massacreur s'enfuit à toutes voiles, mais Plume et ses amis ne sont pas tellement rassurés : ils se retrouvent à la merci de Marie la Murène.

Celle-ci leur lance justement une amarre en criant :

– Dépêchons-nous, *Le Massacreur* pourrait revenir ! Attachez votre chaloupe au bateau et suivez-nous. Et pas de blagues sinon…

Plume obéit. Soudain, il remarque Flic-Flac qui nage joyeusement autour de *La Tempête*. Ça aussi, c'est bizarre…

Sauvés du méchant Barbe-Mousse, les enfants sont contraints de suivre la terrible flibustière, Marie la Murène.

Le secret de Petit-Crochet

La Tempête remorque la chaloupe jusqu'à l'île des Sept-Crânes qui mérite bien son nom : sept rochers en forme de tête de mort dominent les vagues.

Les enfants sautent à terre.

Ils découvrent une belle plage et un lagon entouré de cocotiers, mais Marie la Murène ne leur laisse pas le temps de dire « ouf ». Elle fonce sur Petit-Crochet, le saisit par le bras et ordonne à ses filles :

– Enfermez les autres !

Blanche la Brute, Rose l'Enragée et Violette la Violente poussent les enfants dans une cabane au bord du lagon et ferment la porte à clé. Les voilà prisonniers !

Plume, Perle et Charlotte sont terrifiés… sauf que Plume est presque, presque content. Au moment du danger, sa gentille Perle se serre tendrement contre lui…

La porte se rouvre enfin et Petit-Crochet apparaît, un sourire jusqu'aux oreilles ! La pirate et ses trois filles l'entourent en rigolant.

– Mais mais mais… bredouille Plume.

– Tout va bien ! s'écrie Petit-Crochet. Marie la Murène, c'est… ma maman !

– QUOI ? s'exclament Plume, Perle et Charlotte.

– Papa et Maman se disputaient sans arrêt, explique Petit-Crochet, alors Maman a quitté l'*Ouragan* pour habiter cette île avec mes sœurs.

Il pousse un gros soupir et avoue :

– J'ai inventé cette histoire de trésor pour que vous m'accompagniez. Je voulais tellement revoir ma maman et mes sœurs… Je n'aurais pas dû profiter de vos ennuis, mais j'avais trop envie de les retrouver.

– Mon cher petit Séraphin… susurre tendrement la pirate. Comme tu es sensible.

– Tu t'appelles vraiment Séraphin ? rigole Plume en oubliant que son copain lui a menti.

– Ben oui, admet son ami en rougissant, mais un nom pareil c'est la honte, je préfère Petit-Crochet.

Alors… Charlotte l'embrasse sur l'oreille en affirmant :

– Séraphin, c'est drôlement bien !

Le mystère est levé : Marie la Murène est la maman
de Petit-Crochet !

Le grand duel

Finalement, Marie la Murène n'est
pas si terrible que ça. Elle habite une
grotte très confortable, de l'autre côté
de l'île. Elle y invite les enfants qui
s'amusent comme des fous.

La grotte est remplie de bestioles*
amusantes. Les enfants chatouillent
les crabes et taquinent les crevettes.
Plume imagine des tas de recettes pour
son papa !

La nuit, ils jouent à cache-cache au
milieu des crânes de pierre. Les têtes
de mort semblent vivantes, mena-
çantes, effrayantes… Ça fait peur mais
c'est marrant.

– On se croirait sur le Vaisseau Fantôme! remarque Plume.

Rose, Blanche et Violette chouchoutent leur petit frère. Plume et Charlotte sont même un peu jaloux! Mais le lendemain, alors que les enfants jouent sur la plage, une voile surgit à l'horizon.

– C'est l'*Ouragan*! s'écrie Petit-Crochet C'est mon papa! Il a deviné où j'étais et il vient me chercher!

L'*Ouragan* jette l'ancre face au lagon. Le capitaine Barbe-Jaune saute sur la plage et fonce vers Marie la Murène.

– Tu as kidnappé mon fils ! rugit-il. Je vais te couper la tête ! Il va pleuvoir des crânes sur l'île aux Crânes !

– Espèce de sauvage ! Ça va saigner ! réplique Marie la Murène le sabre en main.

Le duel est terrible ! Les sabres s'entrechoquent si fort que Flic-Flac, épouvanté, plonge sous l'eau pour se cacher. Plume décide d'intervenir, sinon les parents de son meilleur copain vont s'entretuer. Il plonge son chapeau dans l'eau et... plouf ! il arrose les combattants.

Et surprise... Marie la Murène et Barbe-Jaune éclatent de rire.
– Il y a longtemps que je ne m'étais pas autant amusé ! tonne Barbe-Jaune.
– Moi non plus ! confirme Marie la Murène. C'est décidé, je retourne sur l'*Ouragan* avec toi, au moins le temps de partager un bel abordage* !

Et ils s'embrassent ! Barbe-Jaune et Marie la Murène sont peut-être rancuniers, mais la bagarre les met toujours de bonne humeur ! Plume, Perle et Charlotte ouvrent des yeux ronds, mais Petit-Crochet et ses sœurs sautent de joie.

– Hourra ! Hourra ! crie Petit-Crochet en dansant sur le sable.

Et il invente aussitôt une belle chanson :

Vive les crânes et le carnage,
Les tempêtes et les orages !
Vive les sabres et vive la vie,
Mes parents sont réunis !

Incroyable, mais vrai ! Les parents de Petit-Crochet se réconcilient une bonne fois pour toutes.

Conclusion : tout va bien !

Barbe-Jaune et sa famille escortent la chaloupe jusqu'au *Bon Appétit*. Plume et Charlotte, plutôt inquiets, se demandent ce que diront leurs parents.

Ils ne rapportent même pas de trésor.

– Où étiez-vous passés ? Ça va barder, leur chuchotent Madeleine et Honoré en les aidant à monter sur le pont.

Heureusement, le capitaine Fourchette et Maman Marguerite embrassent les enfants et leur demandent anxieusement :

– Pourquoi êtes-vous partis ? Nous étions morts d'inquiétude !

– Ben… on voulait trouver un trésor pour que vous soyez contents, explique Plume.

– Parce qu'on en a marre des disputes… ajoute Charlotte.

Madeleine, Honoré et Tarte aux Pommes approuvent de la tête. Le capitaine Fourchette et Maman Marguerite se regardent en rougissant.

– On ne se disputera plus, promet Maman Marguerite. On veut que vous soyez heureux sur le *Bon Appétit*.

– D'ailleurs j'ai inventé une nouvelle recette, rigole le capitaine, le boudin de barracuda sauce méduse ! On la goûtera dimanche prochain.

Oh oh, ça doit avoir un drôle de goût... Plume se demande s'il doit se lécher les babines, plonger au milieu des requins ou chanter comme Petit-Crochet :

Vive les sabres et vive la vie,
mes parents sont réunis !

❶ L'auteur

Paul Thiès est né en 1958 à Strasbourg, mais au lieu
d'une cigogne, c'est un bel albatros aux ailes blanches
qui l'a déposé dans la cour de la Maternelle. C'est que
Paul Thiès est un grand voyageur, un habitué des sept
mers et des cinq océans ! Il a fréquenté les galions
d'Argentine, les caravelles espagnoles, les jonques du
Japon, les jagandas du Venezuela et encore d'autres

galions dorés au Mexique. Sans compter les bateaux-mouches sur la Seine et les chalutiers de Belle-Île-en-Mer ! Paul Thiès est donc un spécialiste des petits pirates, des vilains corsaires, des féroces boucaniers, des redoutables frères de la Côte, bref des forbans de tous poils ! Mais c'est Plume son préféré !

Alors, bon voyage et... à l'abordage !

❷ L'illustrateur

Louis Alloing

« La mer, je l'ai eue comme paysage depuis que je suis né. D'abord à Rabat, Maroc 1955, puis à Marseille. La mer Méditerranée. Une petite mer que j'imaginais parsemée de petites îles, de petites vagues, de petits pirates et qui sentait bon. Bon comme celle des Caraïbes. Comme celle de Plume et de Perle.

Maintenant à Paris, privé de la lumière du sud, de cet horizon bleu outremer, je divague sur la feuille à dessin. Je me laisse porter par la vague qui me mène sur les traces de Plume et de ses potes, et c'est pas simple. Ils bougent tout le temps ! Une vraie galère pour les suivre, accroché à mon crayon comme Plume à son sabre. Une aventure. Et pas une petite, une énorme... avec des petits pirates. »

Table des matières

Achevé d'imprimer en mars 2006,
chez Clerc (France).